O fio da palavra

Bartolomeu Campos de Queirós

O fio da palavra

Ilustrações
Salmo Dansa

São Paulo
2020

2ª Edição, Global Editora, São Paulo 2020

Jefferson L. Alves – diretor editorial
Dulce S. Seabra – gerente editorial
Solange Eschipio – gerente de produção
Juliana Campoi – assistente editorial e revisão
Salmo Dansa – ilustrações
Ana Claudia Limoli – projeto gráfico

Obra atualizada conforme o
NOVO ACORDO ORTOGRÁFICO DA LÍNGUA PORTUGUESA

Dados Internacionais de Catalogação na Publicação (CIP)
(Câmara Brasileira do Livro, SP, Brasil)

Queirós, Bartolomeu Campos de
O fio da palavra / Bartolomeu Campos de Queirós ; ilustrações Salmo Dansa. – 2. ed. – São Paulo : Global Editora, 2020.

ISBN 978-85-260-2501-1

1. Poesia - Literatura juvenil I. Dansa, Salmo. II. Título.

20-32688 CDD-028.5

Índices para catálogo sistemático:
1. Poesia : Literatura juvenil 028.5

Iolanda Rodrigues Biode - Bibliotecária - CRB-8/10014

global editora e distribuidora ltda.
Rua Pirapitingui, 111 – Liberdade
CEP 01508-020 – São Paulo – SP
Tel.: (11) 3277-7999
e-mail: global@globaleditora.com.br
www.globaleditora.com.br

Nº de Catálogo: **3955**

O fio da palavra

A vida é um fio,
a memória é seu novelo.
Enrolo – no novelo da memória –
o vivido e o sonhado.
Se desenrolo o novelo da memória,
não sei se tudo foi real
ou não passou de fantasia.

Sempre – se penso – a ponta dos meus dedos coça. É como se uma infinita fila de formigas perfilasse entre meus dedos, com seu passo adocicado. Assim, eu tomo do lápis, enlaço-o com saudades das árvores, e as palavras surgem finas pela ponta da grafite. E vêm de muito longe as palavras. Dormem desde antigamente em mim. Elas surgem da memória. Lugar em que a verdade e a mentira travam uma longa conversa, misturando o vivido com o sonhado.

Em minha memória eu posso cultivar um jardim. Entre pedras, brotam miúdas flores, pequenos ramos, brandos perfumes que o vento leva. Um riacho corre ligeiro entre o verde, lavando minhas saudades do mar. Saudade lavada se torna mais alva, como a espuma do sabão. E as águas cantam uma cantiga molhada e clara que só o silêncio da memória escuta. Uma vasta grama ampara meu olhar jardim afora. Eu me assento na sombra da memória e deixo meu pensamento pensar sem limites. Minha memória desconhece as fronteiras por ignorar seu tamanho. Viajo sem passaporte para depois de mim, para dentro de mim, para além do sonho. Minha fantasia atravessa pedra, fruto e alcança o miolo do mundo. Chego a morar em terras alheias, falando outro alfabeto. A fantasia me cede passagem.

No verde deste meu jardim moram insuspeitáveis insetos, capazes de misteriosos milagres. Entre eles, uma aranha amarra uma folha à outra com fios de prata quase líquidos. Sua delicadeza me incomoda. Fico sem respirar para não romper sua trama costurada com oito agulhas. Não sei se aranha tem memória. Mas sei que toda aranha carrega, bem dentro, um novelo de linha de seda. E aranha não gosta de vazio. Em todo vazio ela desenha um esqueleto de guarda-chuva, mesmo sabendo, muitas vezes, que chuva não há.

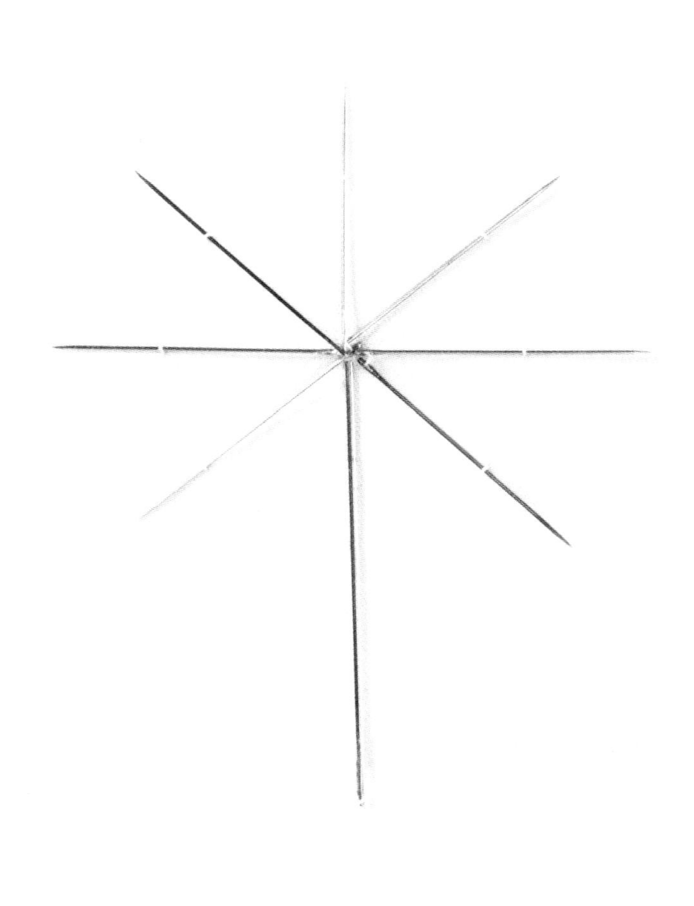

No vazio do ar
toda aranha arranha
uma carta geométrica
narrando sua façanha.

Se me canso do jardim, minha fantasia imagina um deserto. Com passos pesados caminho, lerdo, sobre areia. Tudo é árido, seco, sem barulho de folhas, sem movimento de vento. Sigo sem trilhas, sem deixar rastro. Em qualquer instante, se desanimo, posso criar um oceano e me afogar em suas águas. Minha memória tem espaço para infinitas paisagens. Tudo que desconheço minha memória inventa.

Mas hoje acordei sem coceira nos dedos. Despertei vazio de pensamentos. Um grande nada acordou comigo. Não quero jardim, deserto ou mar. Há dias em que a preguiça de pensar me persegue. A memória exige trégua para descansar. O mundo inteiro parece vivido. A vida se nega a novas notícias. O coração parece bater desafinado – sem corda – e pulsa quase parando, sem força para fortes fôlegos. Ter memória é embriagar-se de lucidez.

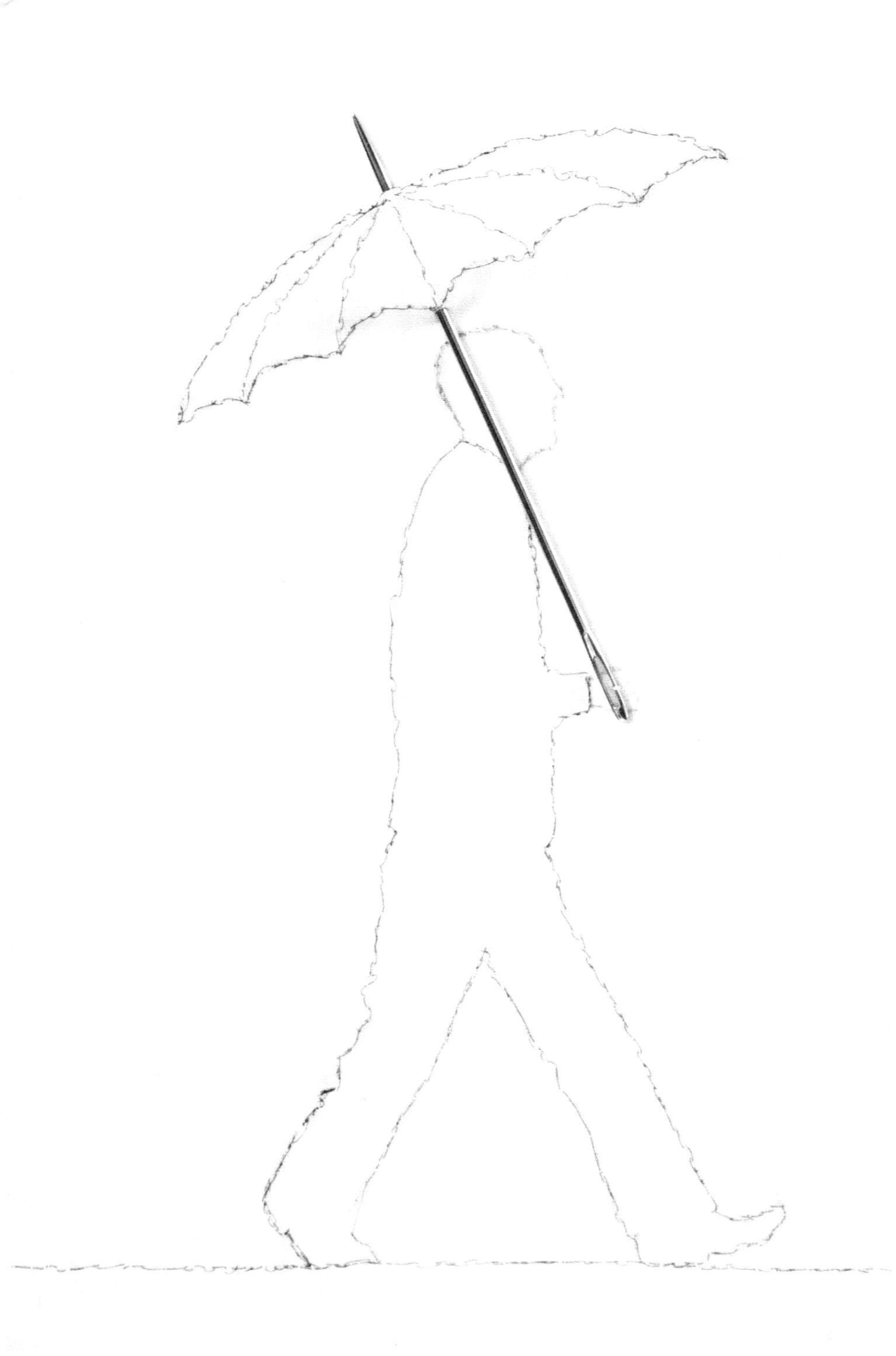

Um papel sobre a mesa me espia com olhar branco. Não tenho nada a lhe dizer. Não sou aranha para apreciar o vazio. Cada vez que olho para o branco, mais ele me pergunta. O papel me espia, e me vejo branco. O papel insiste e me aguarda. Tomo do lápis e afio a ponta. Só tenho uma agulha para escrever. A aranha tece com oito lápis.

Busco no jardim da memória minha aranha sonhada. Deito sobre o papel vazio a minha aranha-de--prata. Ela se espicha, encolhe, alonga as agulhas. Fica em intenso silêncio esperando o desejo de tecer acontecer. Ela sabe que é preciso coragem para povoar um papel em branco. Parece que a aranha precisa de muito silêncio para exercer sua trama. Precisamos de poderosa paciência para desenrolar o novelo.

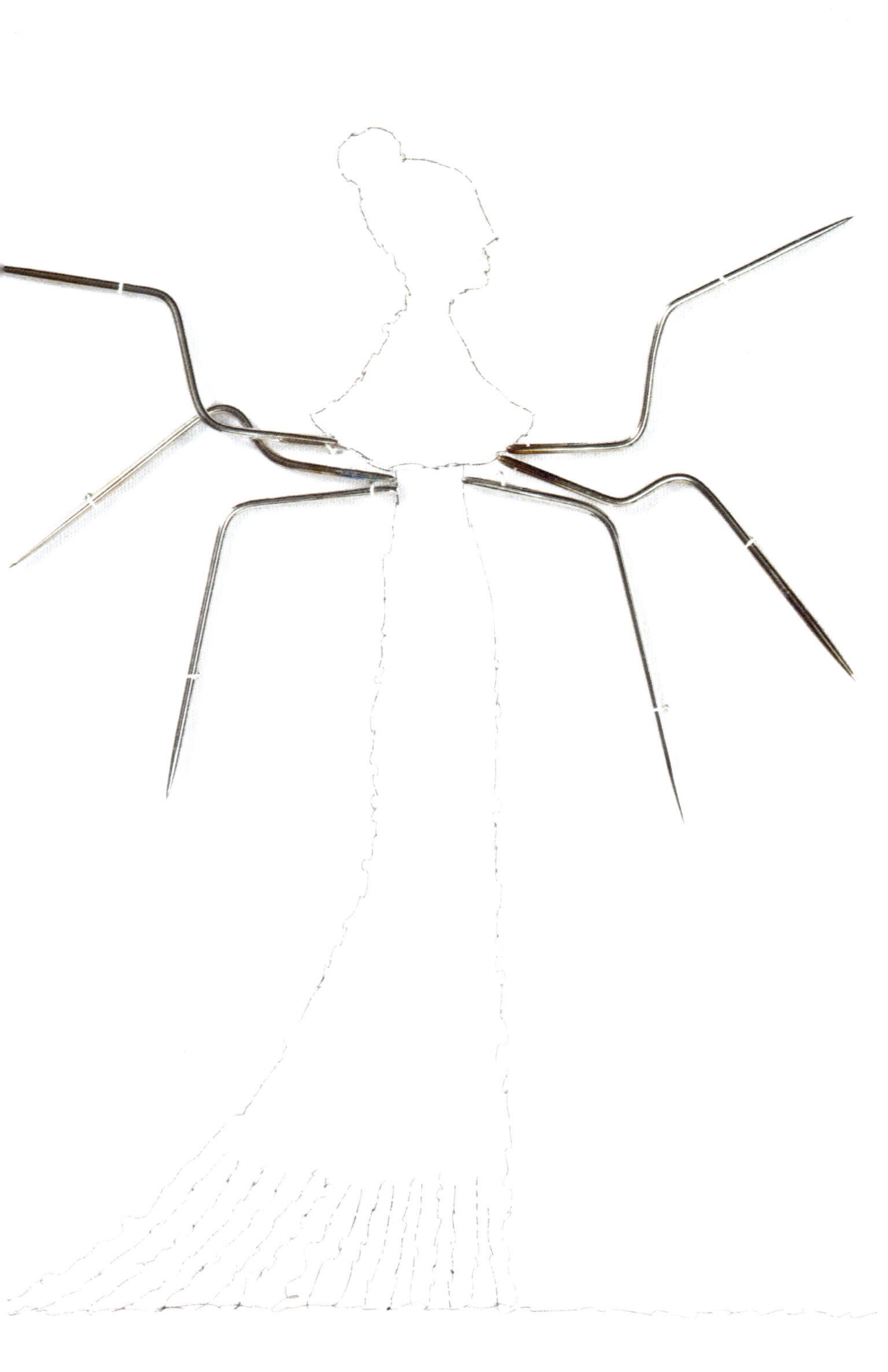

A aranha costura,
sem réguas e sem compassos,
uma rede de abraços.
Em qual lugar
a aranha
aprendeu a geometrizar?

Aos poucos – e lentamente – minha aranha começa o seu bordado. Sobre o espaço do papel vazio uma geometria exata vai se formando. Ela amarra na beirada da folha a ponta do fio e puxa até a outra extremidade. Sua primeira escrita tem que ser forte para suportar o peso da espiral, que brota infinitamente de seu ofício. Minha aranha sabe que em seus fios muitos insetos se equilibrarão como trapezistas. Uma abelha descansará, pesada de néctar; um mosquito interromperá seu aflito voo para repousar as asas; um pernilongo se hospedará para afinar sua garganta. Não sei se a aranha sabe que sua teia é aeroporto, lugar de pouso e escalas.

Quem sabe a sombrinha da aranha protegerá do sol uma família – pai, mãe, filhos que chegaram para contemplar o mar? Mar que transborda depois das margens do papel e só a fantasia alcança. Eles estendem suas longas sombras nas areias sem tocar as espumas que as águas desenrolam. Com caravanas de formigas nas pontas dos dedos, suas mãos, em família, erguem reinos com castelos em que reinam reis invisíveis e rainhas de brisas. E os meninos vencem as ondas sem medo de tantas marés.

Sem nada para dizer, observo a escrita de minha aranha sobre minha fantasia branca de papel. Não tenho linha de seda para escrever, nem tantas agulhas para bordar. Minha teia é feita de risquinhos desiguaizinhos. Com a memória cheia de nada, as formigas não pensam na ponta dos meus dedos. Sem visitas, meu pensamento só tenta desvendar o segredo da aranha em seu exercício de jorrar em seda sua perfeita escrita.

Tento ler a carta que minha aranha me escreve com oito penas, toda em espiral. Na memória transformo seu esboço de guarda-chuva em um circo se armando. Vejo minha aranha – agora – como bailarina no centro do picadeiro, vomitando sua vida num longo fio fino, causando inveja ao bicho-da-seda. Ela dança enquanto arma – um por um – os cabos para suportar a lona. O céu, com todas as estrelas, luas e nuvens, cobrirá seu espetáculo.

Assim, aos poucos, sem consultar o tempo, minha branca aldeia de papel vai sendo povoada. Desconheço o segredo que mora no coração da aranha. Quem sabe, para ocupar a sua tenda vazia, minha aranha convidará os ciganos? Então, eles chegarão, com seu ouro, sua dança, suas mãos cheias de truncadas linhas – sem o rigor da aranha –, trazendo palavras e destinos, revelando amores, fortunas e viagens para depois de todos os ares.

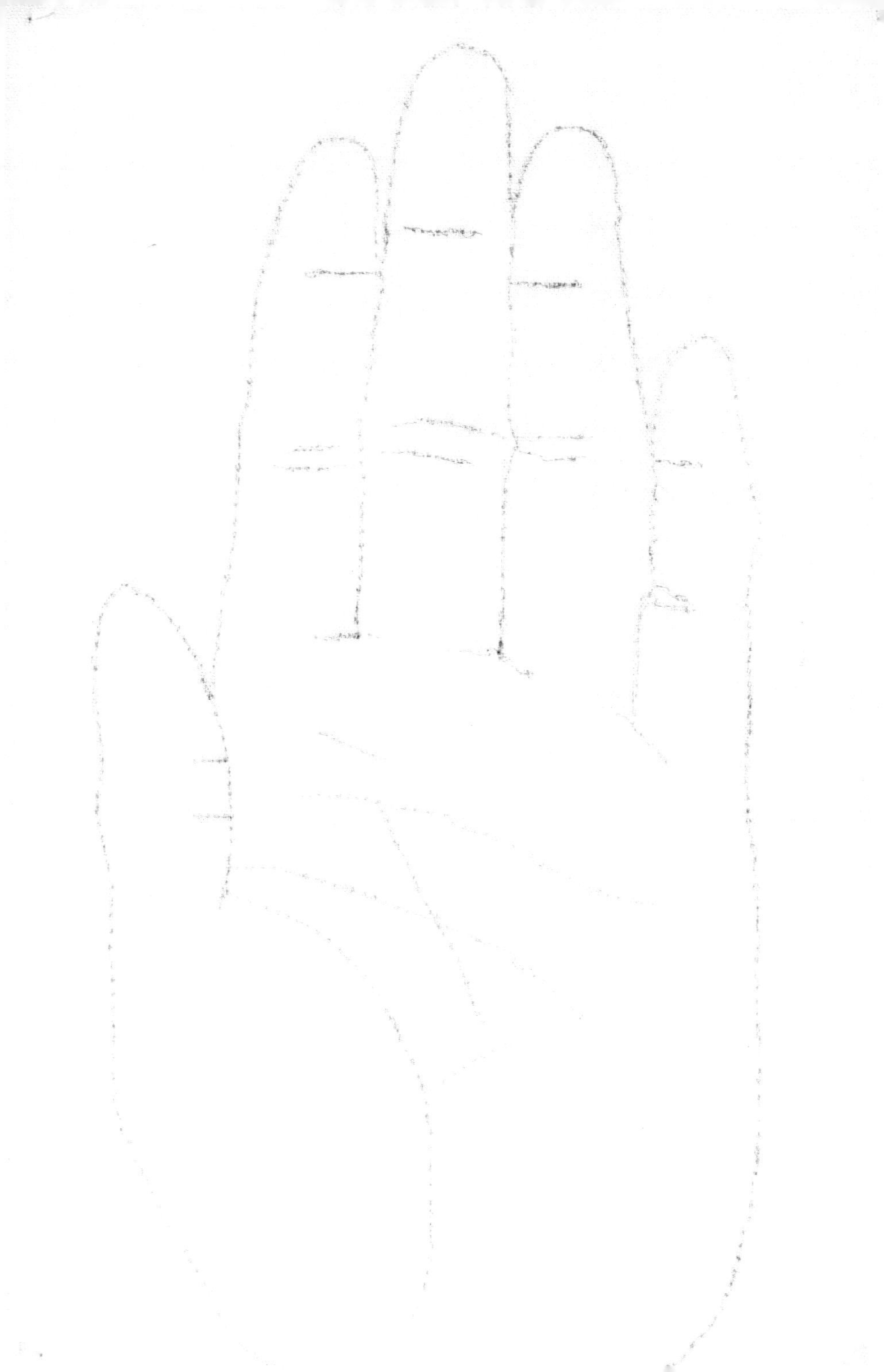

Busquei em mim uma aranha branca que tecia e tecia sua teia no jardim da minha memória. Minha memória não tem tamanho, e a ponta de seu fio nasceu com o meu nascimento. Em liberdade deixei que ela escrevesse sobre o papel vazio – que me vigiava – o seu intenso mistério. E foram tantos os seus recados que as formigas sumiram das pontas dos meus dedos. Foram adoçar as tramas finas do tecido tramado pela minha aranha tecedeira.

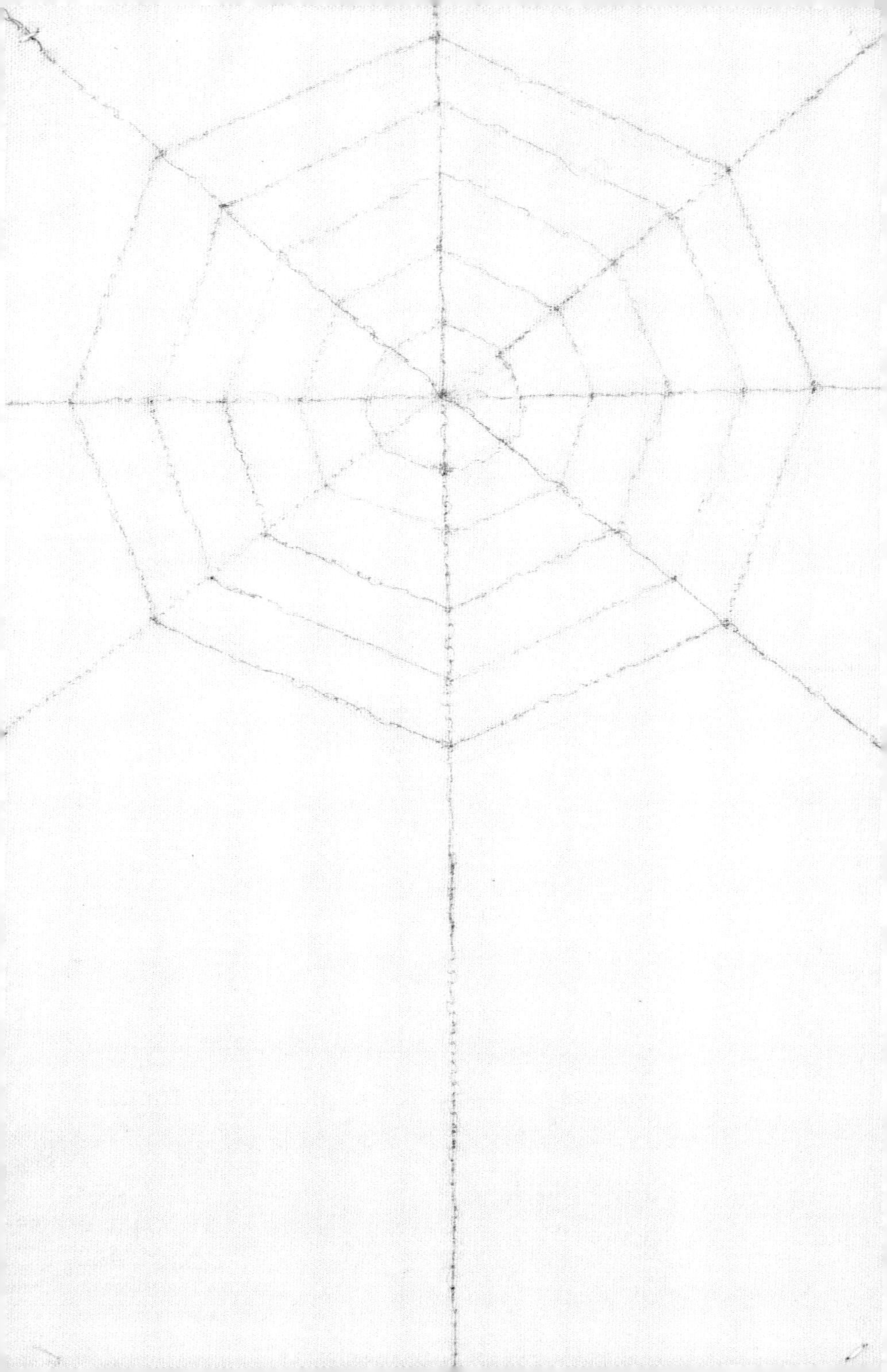

Minha aranha-de-prata escreveu, sobre a mentira branca de meu papel, uma história que eu não sabia que sabia. Ah! aranha-mestra, como você me faz dizer...

A vida é um fio
mais fino que a linha da aranha.
Tem uma ponta no nascimento
e a outra: eu não sei, não.

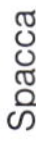

Bartolomeu Campos de Queirós

Nasceu em 1944 no centro-oeste mineiro, passou sua infância em Papagaio, "cidade com gosto de laranja-serra-d'água", antes de se instalar em Belo Horizonte, onde dedicou seu tempo a ler e escrever prosa, poesia e ensaios sobre literatura, educação e filosofia. Considerava-se um andarilho, conhecendo e apreciando as cores, cheiros, sabores e sentidos por onde passava. Bartolomeu só fazia o que gostava, não cumpria compromissos sociais nem tarefas que não lhe pareciam substanciais. "Um dia faço-me cigano, no outro voo com os pássaros, no terceiro sou cavaleiro das sete luas para num quarto desejar-me marinheiro." Traduzido em diversas línguas, Bartolomeu recebeu significativos prêmios, nacionais e internacionais, tendo feito parte do Movimento por um Brasil Literário. Faleceu em 2012, deixando sua obra com mais de 60 títulos publicados como maior legado. Sua obra completa passa a ser publicada pela Global Editora, que assim fortalece a contribuição deste importante autor para a literatura brasileira.

Arquivo pessoal

Salmo Dansa

Nasci e vivo no Rio de Janeiro. Desenho desde criança e ilustro livros há muitos anos e, por esse amor pelo desenho e pelos livros, sempre me dediquei à pesquisa prática e teórica desses temas. Gosto de experimentar materiais para fazer cada livro com um tipo de ilustração que vá interagir especialmente com aquele tipo de texto. Fui pesquisador residente na International Youth Library de Munique, me tornei doutor em Design e, logo depois, pesquisador da Cátedra Unesco de Leitura PUC-Rio.

Nos últimos anos tive trabalhos premiados e publicados em outros países, além de ilustrações que integraram exposições no Brasil, Colômbia, Eslováquia, Alemanha e Itália. Minhas parcerias e colaborações em livros já somam cerca de 100 trabalhos, com interesse especial pelos contos clássicos da literatura infantil e juvenil e os contos da cultura afro-brasileira. Depois dos livros me levarem a tantas experiências interessantes, passei a trabalhar também como professor, o que me permite compartilhar e ampliar meus horizontes.

Outras obras do autor publicadas pela Global Editora

Para iniciantes de leitura

2 patas e 1 tatu
As patas da vaca
História em 3 atos
O ovo e o anjo
Somos todos igualzinhos

Para crianças e jovens

A árvore
A Matinta Perera
Antes do depois
Apontamentos
Até passarinho passa*
Branca-flor e outros contos*
Cavaleiros das sete luas
Ciganos
De bichos e não só
De não em não
Elefante
Flora
Foi assim...*
Indez
Ler, escrever e fazer conta de cabeça
Mário
Menino inteiro
O livro de Ana
O rio
Os cinco sentidos
Para criar passarinho
Pedro
Rosa dos ventos
Tempo de voo
Vermelho amargo

* Prelo